이것이 새입니까?

브랑쿠시와 세기의 재판

아르노 네바슈 글·그림 | 박재연 옮김

이것이 새입니까?

브랑쿠시와 세기의 재판

BARAMBOOKS

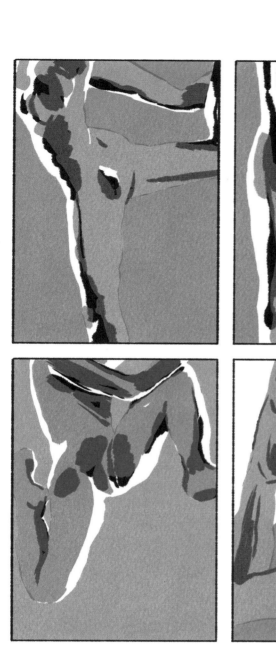

브랑쿠시!

예예, 선생님.
갑니다, 가요.

이리 와서 이 무용수들 좀
보게나. 잘 들여다보라구.
진정한 동작을 포착해야 하네!

움직임 속에서 진실과 가장 가까운
자세를 포착하라는 걸세.
한 자세에서 다른 자세로 바뀌는
모습을 잘 들여다봐야 해.

이 움직임을
전달해야 한다는
말이야.

더 이상 낭비할 시간이 없어.
최대한 빨리 여길 뜰 거야.

작업실을 구하기만 하면,
다 끝이라고.

허구헌 날
공간 타령…
마련해드리지!

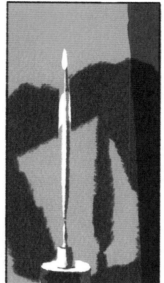

몇 시간째 같은 새 조각을
찍고 있잖아요.

그 새가 날아오르기를
기다리고 있나요?

맞아, 날아오르는
순간을 찾고 있어!

이 새를 둘러싼 공간을
찾고 있다고.

바로 그 주변의 공간이
새가 날아오를 수 있게 해줄 거야!

농담한 거예요!

새의 비행이라고…

이해해?

자, 이리 와봐, 퐁퐁.
나를 위해 춤을 추어주지 않겠어?

어서!

이 새 주변에서 춤춰봐.
새에게 공간을 보여주라고.

비행을 보여줘!

늙은 로댕 선생은 그렇게 잘 했었지.

그가 조각했던 건 바로 그 공간이었어. 무용수들과 함께 말이야.

그의 작업실에서 이런 데생들을 보았지.

비행

날아오름

항공

비행기

하늘의 열기

이런 이름들을 붙여주었지.

다 비행에 관한 것들이었어.

자, 그러니까 당신도! 어서 날아봐, 마르테.

춤을 춘 지 너무 오래되었어요.

이제는 재능이 없는걸요!

아니야, 당신은 완벽해, 통통.

리지카에게 부탁하는 게 좋을 것 같아요. 재능이 넘치잖아요. 리지카와 함께라면, 분명 당신의 새도 날아오를 거예요!

친애하는 뒤샹 씨, 브랑쿠시 선생님에게 브루머 갤러리가 다음 겨울에 선생님의 작품을 전시하게 되어 진심으로 영광이라는 말씀을 전해주세요.

전시는 어떻게 계획하고 계십니까?

브랑쿠시의 계획에 따르면 조각 42점, 데생 27점, 유화 한 점이 가능할 거요.

음.

아직 유럽에 남아 있는 작품들은 배로 옮길 수 있도록 해보겠소.

좋습니다.

브랑쿠시 선생님께서 직접 갤러리 작품 배치도 하시려나요?

아이구, 그럼요! 다 본인이 해야 하는 사람입니다. 즉흥적으로 뭘 하거나 다른 사람이 하는 꼴을 못 봐요.

좋습니다, 11월 17일부터 5주간 전시하는 것으로 하려고 합니다.

역사에 남을 전시가 될 거요.

브랑쿠시도 기대가 크고, 벌써 전시가 열리기만을 목빠지게 기다리고 있는 콜렉터들도 많아요.

그 말대로 되었으면 좋겠군요, 마르셀, 이미 들어간 비용이 상당해서 말이지요…

대단하군, 리지카.
정말 고마워.

정말 최고야! 자네 생각은 어떤가,
에릭? 자네 음악에 딱 어울리지 않나?

고매하신 사티 님의
음악 말이야.

보게나, 친구. 이걸
내가 미국인들에게 보여
주고 싶은 거야.

그들 모두 깊은 감명을 받을 걸세.
정말 아름다워.

그들에게 움직임, 비행,
공간을 보여주고 싶어…
바로 그게 미국 아닌가!

언제 출국인가?

곧, 뉴욕에 가고 싶어
미칠 지경이야!

멋지군!

정말 웅장한 물건이군, 안 그렇소?

아, 브랑쿠시 선생님, 여기 계셨군요. 한참을 찾았습니다.

미국아, 기다려라!

어서 오세요,
로셰 씨.

환영합니다,
브랑쿠시 씨.

고맙소.

뒤샹 씨에게서 좋은 소식이 왔어요.

전시를 아주 제대로
준비하고 있다더군요.

당신 예감이 맞았으면 좋겠군!
미국인들의 반응이 항상 좋은 것은
아니어서 말이야.

당연하죠,
제 말이 맞을 겁니다.

브루머 갤러리가 선생님을
그야말로 손꼽아 기다리고
있다고 해요. 열정이 넘치다
못해 흥분 상태라고 합니다.

겁이 좀
나는구만.

출발하나보오,
배가 움직이네.

좀 걸어야겠군.

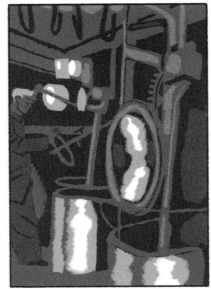
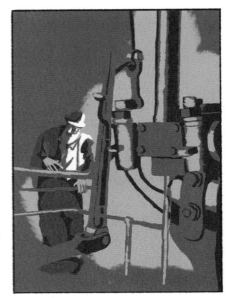

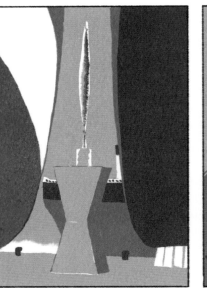

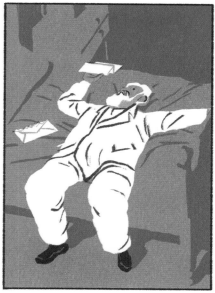

마르테…

사랑하는 툰툰, 내가 얼마나 당신을 사랑하는지 전하기 위해 수천 번의 키스를 보내오.

불안이 나를 짓눌러 노래도 나오지 않고, 다른 이야기들을 전하기도 어렵소. 1913년 아모리 전시의 성공에 충격을 받은 미국인들이 수입되는 외국 작품들에 대해 세금을 물리겠다고 위협했었잖소.

이번에는 망설임 없이 진행시킬 모양이오. 뉴욕 세관이 배에서 작품을 내리는 즉시 세금을 물렸어. 내 새가 새장에서 나오지 못하도록 가둬놨다지!

세관원들은 4000달러를 청구했소. 내 조각들이 예술 작품이 아니라 산업용 물품이라고 주장하면서 말이오.

이런 말도 안 되는 상황에 적극 항의할 계획이오.

여기 우리를 기꺼이 도와 미국 정부를 상대로 싸워줄 변호사들이 있소. 안갯속이긴 하지만, 우리의 사랑과 함께 다 이겨낼 수 있을 거라오, 툰툰.

일이 마무리되는 대로 최대한 빨리 돌아가겠소. 나의 유인한 사랑, 당신을 위해 내 마음 깊은 곳에서 나는 이 커다란 키스를 보내오.

—탕탕

마르셀?

어때, 콩스탕탱?
봤지? 대성공이야!

음…

뉴욕 사람들 다 모였어!

난 떠나야겠네.

파리에서 보자구.

고맙네.

공간 속의 새라…

당신이 그랬지!

저는 와이어트 판사입니다.
소개들 부탁합니다.

찰스 D. 로렌스, 법무부 차관보이자
피고의 변호인입니다. 히긴보덤 변호사와
윌슨 변호사가 보조합니다.

브랑쿠시 씨의 변호인
레인입니다. 스페이서 변호사와
동행했습니다.

안녕하시오.

고맙소.

이것이 수입된 물건입니까?

이건 뭐라고 부릅니까?

"공간 속의 새"라고 합니다.

식별을 위해 해당 물건을 증거물 1호로 참조해주시기 바랍니다.

이건 현대미술 작가의 작품입니다.

이 작품은 파리에 사는 조각가 브랑쿠시 씨의 요청에 의해 뉴욕 세관에서 통관된 것입니다.

스타이켄 씨가 여기 와 있습니다. 이 작품을 구입한 사람이지요.

본 법정에 제기된 이 사건은 '새'라고 표시된 청동 물체가 1922년 관세법의 기준 내에서 조각가가 제작한 원본 조각상인지 아닌지에 대한 문제를 제기하고 있습니다.

해당 물건은 제조물 관련 조항 제399조에 따라 총가치의 40%로 과세되었습니다.

우리는 법정에서 이것이 독창적인 작품이라는 것을 증명하고자 합니다.

전문 조각가에 의해 제작된 조각 작품이 분명하다는 사실 말이지요.

법원의 허가를 받아 수입된 물품이 복제품 또는 복제품이 2개 이하인 원본 조각품에 대한…

…관세 구제를 규정하는 제1704조의 범위 내에 해당하는지 여부를 확인하는 것입니다.

심의를 통해 해당 오브제가 실용적인 물건에 해당하지 않는다는 사실을 명백하게 입증할 것입니다.

또한 우리는 이 조각상이 브랑쿠시 씨의 작품임을 보여줄 것입니다.

세계적으로 유명한 조각가의 작품이라는 것을요.

미국의 수많은 개인 및 공공 컬렉션에서 작품을 찾아볼 수 있는 유명 조각가이지요.

수입자가 이것이 원본임을 주장한다고 이해하면 됩니까?

그렇습니다, 판사님.

1차 주조물이고요?

의심할 바 없이 그렇습니다. 모형에 따라 찍어낸 1차 주조의 결과물입니다.

아, 콩스탕탱!

다시 봐서 좋구만,
페르낭!

외투 벗지 말게,
더는 여기 있고 싶지 않아!

저 앞 카페에서
한 잔 사지!

갤러리 앞에 서 있는
저 꼬마를 좀 보게.

내 작품을 세상에 드러나게
해주는 건 저 꼬맹이야.

저 아이가 만들어내는 반짝이는
대비가 아니었다면 저 형편없는
그림들은 그야말로 아무것도 아니지.

저 꼬맹이 덕에 작품을 둘러싼
분위기라는 것이 생기는 거라고.

맞는 말일세, 페르낭. 우리가 바라보는 것을
둘러싼 공간, 우리에게 작품을 보여주는 것은
바로 그 소우주인 셈이지.

핵심은 대비야, 콩스탕탱. 풍경을 깨뜨리는 저 광고판들을
보게나. 건축물을 가로지르는 전기 계량기들은 또 어떻고.

곡선, 강력하고 격렬한 기관차의
완벽한 원통형 몸체 같은 것 말이야.

바로 여기에 아름다움이 있다네.
이 두 세계의 대립 속에.

그래, 산업은 보기 드문 아름다움을
가진 물건을 만들어내는 것 같군.

뒤샹과 함께 항공 박람회에서 보았던 무시무시한
그 기계, 웅장했던 프로펠러를 기억하나?
예술가도 그렇게 할 수 있을까?

어떤 장인이나 산업인들은 스스로를
예술가라고 부르는 사람들 대부분을
부러워할 이유가 없지.

오직 그들의 무모함만이
그들을 구할 테니까.

그들 중 상당수는 자신도 모르는 사이에
미술관이나 갤러리를 기웃거리는 사람들보다
훨씬 훌륭한 일을 하고 있지.

뉴욕 세관 당국이
나를 비난하는 것도
바로 그 때문일세.

그들은 내가 예술가가 아니라
장인이라는 걸 증명하려고 하네.

왜 예술이 산업과
경쟁을 해야 하는 거지?

내가 나를 고귀한 장인이 아닌
예술가로 정의할 수 있기는 할까?

앉아도 될까요?

마르셀 뒤샹이라고 합니다, 반갑소.

안녕하세요, 선생님.

제가 뭘 놓쳤나요?

이제 막 시작했어요.

판사는 브랑쿠시의 작품이 유일무이한 것인지, 복제품인지를 알아내려고 하고 있어요.

봅시다…

어떻게 이 경이로운 작품이 유일무이하지 않다고 생각할 수 있지?

평범한 구석이라고는 하나도 없는데!

첫 번째 증인들이 들어오네요.

아, 그래요, 에드워드가 도착했군요.

레인 변호사,
스타이켄 씨에게 질문하세요.

감사합니다, 판사님.

전부 기록할 거예요. 모두
그려두고 브랑쿠시가 하나도
놓치는 것 없게 할 겁니다.

스타이켄 씨?
이 증거물을 수입한
장본인이 맞습니까?

네, 그렇습니다.

이것은 유일무이한
작품인가요?

네.

어떤 근거로 그렇게 확신하는지
법정에 상세히 설명해주시겠습니까?

와이어트
판사

보랑쿠시는 이십여 년 동안
비슷한 작업을 해왔습니다.
이 새는 그 결실이라고 할 수 있고요.

그 시간 동안, 보랑쿠시는 끊임없이
형태를 변형시켜 왔어요.

보랑쿠시 씨가 단계별로
작업을 했다는 말씀이시지요?
직접 보셨습니까?

그렇습니다, 판사님. 처음에는
대리석으로 작업을 하다가 후에
청동으로 주조 작업을 했어요.

브랑쿠시 씨는 오랫동안 이 작업에 매달렸습니다. 이 작품을 만드는 데에 오랜 시간이 걸렸어요.

복제품은 아닌가요? 확실히 예술가의 손으로 만들어진 작품인가요?

이 작품을 만든 사람은 당연히 작가입니다. 본인의 손으로 직접 만들었지요. 복제품은 존재하지 않고요.

세상 어디에도 비슷한 조각 작품은 없습니다.

이 비율, 크기, 형태··· 같은 것이 있을 수 없지요!

스타이켄 씨, 이 물체에 실용적인 쓸모가 있다고 보십니까?

당연히 아닙니다.

스타이켄 씨, 당신의 직업에 대해 다시 한번 말씀해주실 수 있습니까? 어디서 학업을 마쳤는지 여쭈어봐도 될까요?

저는 예술가입니다. 화가이자 사진가죠.

미술학교에 일 년 다녔습니다.

고작 일 년이요? 다른 학교는 안 다니셨습니까?

네, 다른 학교를 다닌 적은 없습니다. 독학으로 예술을 공부했어요.

딱 일 년만 공부를 하고도 가질 수 있는 직업이군요?

저는 평생에 걸쳐 예술을 연구해왔습니다.

당신을 예술가로 인정한다는 증명서 같은 것을 가지고 계십니까?

없군요.

변호사 히긴보덤

글쎄요···

51

예술가의 자질을 지닌 분으로서, 이 물건은 무엇으로 만들어졌다고 보십니까?

부드러운 사암과 청동입니다.

스타이켄 씨, 혹시 계단 난간 파는 일을 하셨습니까?

뭘 판다고요⋯? 아닙니다!

그럴다면 말입니다, 스타이켄 씨. 당신은 황동으로 된 오래된 막대기를 파는 분인가요?

아니오, 저는 예술 작품들만 취급합니다. 예술품만요!

하지만 그럼에도 불구하고 이것을 구입하셨죠?

네, 그 새를 샀습니다.

계속하세요, 히긴보덤 변호사.

뒤샹한테서 새로운 재판 소식은 없고?

뉴욕에서 말이지? 꾸준히 편지로 소식을 전해주고 있어.

뭐래?

좀 걱정되는 모양이구만?

그럼, 걱정되고말고…

미국인들은 이 새가 나의 다른 새들과 똑같다는 것을 증명하려 하고 있어.

그들은 이 작품이 유일무이한 것이 아니라는 걸 증명하려 해… 상대측에서 내 과거를 뒤져볼 수도 있어.

자네 과거?

자네 과거가 어떻게 불리하게
작용할 수 있다는 거지?

로댕 선생의 작업실에서 우리가
끊임없이 만들어야 했던 주물들에 대해
생각하고 있어.

팔, 다리… 신체 부위만
주야장천 만들어댔지.

찍어내고, 또 찍어내고…
매일같이 말이지.

그걸 오랫동안 했나?

아니, 전혀 아니야. 아주 오래된
일이기도 하지. 파리에 오고 나서
얼마 지나지 않았을 때니까.

하지만 그게 다가 아니야. 나는
한때 비엔나에서 토넷 선생 밑에서도
일했었어. 더 젊었을 때 말이야.

아, 생 라자르
역이로군···

클로드 모네에 대해서는 뭐라고들 하려나?
서른 번이 넘게 똑같은 주제를 그렸으니 성당 그림들도
다 복제본이라고 할는지!

안녕하시오, 변호사 양반. 잘되고 있지요?

안녕하세요, 마르셀 씨.

네, 그럭저럭요, 포브스 왓슨을 기다리고 있어요. <더 아츠> 편집장이요.

포브스 왓슨

레인 변호사, 새로운 증거를 보여주시겠습니까?

판사님, 1923년 7월에 발행된 <더 아트>지입니다.

왓슨 씨, 이 페이지에 있는 사진이 뭔지 아시겠습니까?

콩스탕탱 브랑쿠시의 '새' 중 하나입니다.

고맙소.

우리 앞에 있는 증거물 1호와 같은 버전일까요?

아니요, '새'의 한 버전이긴 하지만 여기 있는 새와 같은 새는 아닙니다.

사진 속의 '새'는 더 둥글어요. 비율이 약간 다릅니다. 하늘을 향한 부리가 덜 뾰족해요.

마치 날아오르기 직전의 새처럼 말이지요.

비행 직전이라. 음...

재료에 대해 이야기해봅시다. 왓슨 씨, 지금 재판정에 있는 증거물 1호는 광택이 나는 청동으로 되어 있습니다···

당신 잡지에 실린 사진 속의 '새'도 마찬가지인지요?

제 기억으로는 광택이 나는 대리석으로 만들어진 작품이었습니다. 브랑쿠시 씨는 재료에 따라 여러가지 버전의 '새'를 만들었어요.

대리석이라··· 감사합니다.

히긴보텀 변호사의 개입

아트 매거진을 발행하는 이 분야의 전문가로서, 선생님께서는 완벽하게 연마된 물건이면 미적 즐거움을 제공하기에 충분하다고 생각하십니까?

아니요, 광택이 나는 물건이
반드시 시각적 쾌감을
주는 것은 아닙니다.

'반드시는 아니다'···
그렇다면 만약 이 물건이 멋지게
조각되었거나, 매우 정교한 장식이
붙어 있거나 하면 어떨까요?
감상하는 즐거움이 생길까요?

조각이 되어 있다면,
분명히 감상하는 즐거움이
있을 것 같습니다.

미적인 쾌감을 줄 거라는 말이요?
그걸 만든 사람이 노동자건
예술가건 상관없이요.

왓슨 씨?

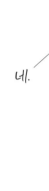

네.

전부 기록하시나요? 방금 나온
말까지도요? 조각가 선생에게 그다지
유리한 내용이 아닌데요!

브랑쿠시도 이 모든 걸 알아야 하니까요.
작업을 한다고 파리에 계속 머물고 있으니
정리해서 보내줘야지요.

그렇군요.

도대체 어딜 가는 겐가, 페르낭?

여길 꼭 소개하고 싶었어. 자네가 좋아할 만한 곳이야. 내 장담하지.

꼭 만나봐야 할 친구가 있어!

예술과 수공업 사이의 경계를 능숙하게 넘나드는 친구지.

잘 지냈나, 알렉산더.

반갑네, 페르낭.

알렉산더 칼더라는 친구야.

들어가보게, 무슨 말인지 알게 될 거야.

알렉산더는 기계 엔지니어였어,
느껴지지 않나?

그의 작업에서는 예술과 수공업, 산업
사이의 경계가 전혀 느껴지지 않지.

음, 내 재판에서
한마디 해줄 수 있겠구만.

게다가 미국인이라구!

또 미국인이야? 어쩌 다들 미국인인 거지?
사방이 온통 미국인들 이야기뿐이구만!

레이디스
앤 젠틀맨…

가보자고, 오늘 저녁에
칼더가 서커스 쇼를
보여준다는구만.

콩스탕탱?

콩스탕탱?

이리 오게나, 끝났어!

만 레이랑 같이 칼더 작업실에 갈 참인데… 같이 갈 텐가?

따라감세.

그나저나 콩스탕탱 자네 조금 얼이 빠져 보이는데? 무슨 일 있나?

아니, 아니야. 일은 무슨. 얼른 칼더의 다른 작업도 보고 싶구만.

이게 다 뭐지?

초상이라네, 칼더는 "공간 속의 스케치"라고 부르더군.

공간 속?

맞는 말이지…

이것이 존재하는 것은 '공간' 속인 셈이지, 그 덕에 생명을 얻는 것이고.

중요한 건 공간이라고 내 자네에게 말했잖나. 내 새들처럼 말이지!

모든 것을 둘러싸는.

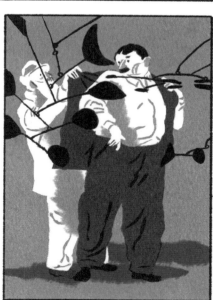

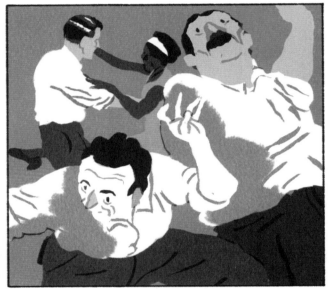

이 단순한 코르크 마개에도
곡예사나 강렬한 마술사가 숨어
있다는 것을 이해할 수 있는
미국인들이 있기는 하지.

아! 브랑쿠시 씨, 이제 오셨군요,
대사관에 오신 걸 환영합니다.
이리 와서 앉으세요,

안녕하세요,
변호사님.

안녕하세요,
콩스탕탱.

선생님, 미국 측과 진행 중인 재판 건
때문에 오시라고 했습니다.

와이어트 판사님께서
여기 파리에서 몇 가지를
여쭙고 싶어 하십니다.

이름과 나이, 주소지와
직업을 말해주세요.

콩스탕탱 브랑쿠시, 쉰하나고
파리 롱상가 11번지에 살고 있소.
조각가고요.

실례지만 학교에서
미술을 전공하셨나요?

루마니아 크라이오바의
직업예술학교에서 5년 동안 공부했고,
부쿠레슈티 미술학교에서
4년간 공부를 했소.

학위증을 가지고 왔습니다.

2년 동안 파리 미술학교에서
조각 전공 작업실에
다니기도 했어요.

국립미술협회에서 주관하는 공식 전시에
여러 번 작품을 출품하기도 했고요.

파리뿐만 아니라
런던, 독일, 벨기에 등 유럽 전역에서
꾸준히 전시를 했습니다.
물론 미국에서도.

이 사건에서 '새'라고 이름 붙여진 증거물을 만든 게 당신입니까? 당신이 작가인가요?

그렇습니다. 1925년에서 26년 사이에, 내 작업실에서 만들었죠.

이 물건을 구상하고 제작하는 걸 혼자 다 했나요? 모든 과정을 당신 손으로 직접 했냐는 말입니다.

네, 그렇습니다. 전부 다요.

이 물건은 작품 원본입니까? 이것이 유일한 작품인가요, 아니면 복제품이 존재합니까?

'새'는 유일무이한 작품입니다.

지금 청동 버전을 하나 더 작업하고 있지요.

우리가 제대로 이해할 수 있도록, 이 청동 덩어리를 가지고 어떤 작업을 했는지 자세히 알려주시죠.

처음으로 새에 대한 아이디어를 떠올린 것은 1910년입니다. 당시에는 석고로 제작했지요.

이후 모델에 변화를 주기 시작했고, 여러 가지 재료를 가지고 실험을 했어요.

저는 주조공에게 청동 합금의 제조법 및 필요한 주조지침과 함께 이 새를 맡겼습니다.

주조가 끝나고 다양한 결함을 수정해야 했어요.

물론 이 모든 작업은 수작업으로 했습니다. 매우 중요하고 시간이 많이 걸리는 작업이었죠. 마치 조각 전체를 다시 만들어야 하는 것 같았어요.

저 말고 다른 누구도 이 작업을 만족스럽게 완성할 수 없었을 거라고 생각합니다. 그 누구도 제 기준, 제 예술에 맞는 동작을 구현할 수는 없을 거예요.

브랑쿠시 씨, 이 청동 작품을 산 사람이 누굽니까?

뉴욕에 사는 스타이켄 씨예요.

어떻게 이 청동 작품이 원본임을 증명할 수 있을까요? 두 번째나 세 번째 복제본이 아니라는 사실을 확신하게 해줄 구체적인 증거가 있습니까?

선생님, 이와 같은 청동 작품은 이 세상에 또 존재하지 않는다는 것을 강력히 주장합니다!

단 하나도요! 이 새는 유일해요!

주조는 장인이 했나요, 아니면
주조공이 했나요? 아니면 금속 작업자?

예술품을 전문적으로
주조하는 곳에서 일하는
전문 장인들이 했습니다.

주조 작업의 모든 단계를
장인들이 했나요? 예를 들어
연마 같은 일 말입니다.

모든 마무리 작업은
제 손으로 했습니다. 다른 모든
작업과 마찬가지로 연마 역시
제가 직접 했습니다!

연마 작업에 연마기가 사용되었나요?

연마기는 물론 그 어떤 기계도 사용하지
않았습니다.

그냥 줄과 아주 고운 모래 종이로
청동을 닦았어요. 점점 더 매끈해지도록, 아주
오랫동안⋯ 아주 오랫동안요.

다 되었네, 친구들이여.
어서들 들어오게나.
어서!

로버트 잉거솔
에이트켄에 대한 심문

약간 연짢아 보이는
와이어트 판사

법정의 정적을 깨는
판사의 펜 소리

로버트 잉거솔 에이트켄 씨,
미국인이신가요?
직업은 조각가이시고요?

네, 저는 미국에서 활동 중인
조각가입니다.

당신은 미술학생연맹의 교수군요.
당신의 작품을 어디에서 볼 수 있나요?

미국 대법원 입구의
페디먼트 조각이
특히 유명합니다.

에이트켄 씨,
브랑쿠시의 예술 작품을
몇 점이나 보셨습니까?

한 점도 본 적이 없습니다!

한 점도요?
콩스탕탱 브랑쿠시의 작품을
한 번도 본 적이
없다는 말씀이십니까?

제가 한 말은
그게 아닙니다.

변호사님께서는 '예술' 작품이라고 하신 것 같은데요. 저는 브랑쿠시의 '예술' 작품은 본 적이 없습니다.

아주 좋습니다. 그렇다면 그의 다른 작품들은 본 적이 있으시겠군요?

이런 종류의 것들을 많이 봐왔습니다. 하지만 브랑쿠시라는 서명이 된 작품은 처음입니다!

수고하셨습니다, 에이트켄 씨.

토마스 H. 존스, 조각가

존스 씨, 불룸과 태틀록이 집필한 〈예술의 짧은 역사〉라는 책을 아십니까?

네, 알고 있습니다.

예술가로서 보시기에, 이 책이 예술계에서 권위를 갖고 있다고 생각하십니까?

일반적인 견해를 제시할 수 있다고 생각합니다.

존경하는 재판장님,
이 책의 저자들은
브랑쿠시 씨의 작품에 대해
이렇게 말하고 있습니다:

"브랑쿠시는 핵심을 포착하고 형태의 본질을
강조하기 위해 세부 사항을 생략한다."

"이러한 사실이 그의 작품의
독창성과 힘을 구성한다."

이렇게도 써 있습니다:
"그의 청동, 나무, 광택이 나는 대리석 작품들은
각 재료의 특성을 타의 추종을 불허하는 수준으로
끌어올린다."

존스 씨, 저자의 의견에
동의하십니까?

전혀 아닙니다!

"타의 추종을 불허하는 수준으로 각 재료의 특성을 끌어올린다."
동의하지 않으십니까?

브랑쿠시는 아주 훌륭한 청동 연마 솜씨를 가지고 있지만,
어떤 연마 장인이라도 같은 일을 할 수 있다고 확신합니다.

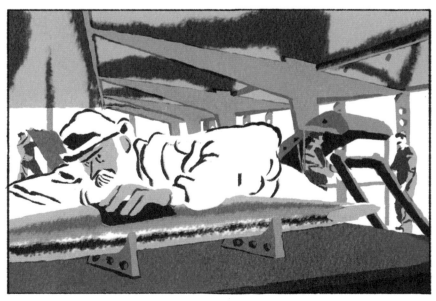

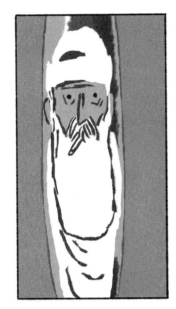

장?

오, 콩스탕탱!

어서 오세요,
프루베의 아틀리에에서
작업할 준비가 되었나요?

필요한 건 다 있네,
불러줘서 고마워.

어서 앉으세요,
마실 것 좀 드릴까요?

이렇게 와보니까 정말 좋구만,
정말 멋진 아틀리에야.

적어도 말이야, 장, 사람들은 자네에게
작품이 무엇을 나타내는지 묻지 않지.

자네는 자유로워!

제가 자유롭다고요?
글쎄요, 제 작품들의 형태는
전혀 그렇지 않아요.

제 작품의 형태들은 다른
규칙을 따르고 있어요,
전혀 자유롭지 않지요.

형태는
기능에 따라 달라지지요,
그게 전부입니다.

한 대 드릴까요?

자네의 의자들은 의자처럼 보여,
앉으라고 만들어졌기 때문이지.

만약 앉기 위해서 금속을
구부려야 한다면, 자네는 기꺼이
그렇게 하지, 그게 자네의
재능이야.

<뉴욕 미러>에 나온 기사 보셨습니까?

보세요.

ew York Mirror

IF IT'S A BIRD, SHOOT IT!!

폭력적이구만!

* 신문 : 만약 그것이 새라면, 쏴버려라!

스타이켄 씨, 이걸 뭐라고 부르시겠습니까?

예술가가 붙인 이름 그대로 부르겠습니다. '새'라고요.

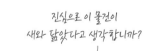

진심으로 이 물건이 새와 닮았다고 생각합니까?

저는 이 작품이 새와 닮았다고 한 적이 없습니다. 새 같다는 느낌을 준다고 했지요 브랑쿠시 씨가 붙인 제목이 암시하고 있는 것처럼요.

그럼, 작품의 제목만 읽는 것으로
그 작품이 무엇을 나타내는지 알기에
충분하다고 생각하십니까?

만약 이 물건이 우연히
거리 모퉁이에 놓여 있다면
그것을 "새"라고 부르시겠습니까?

스타이켄 씨, 당신은 숲속에서 이 물체를 본다면
총을 쏘시겠습니까? 아니, 어디든 상관 없습니다.
만약 아무도 이것을 새라고 부르지 않는다면
이것을 새라고 부르시겠습니까?

아닙니다, 판사님.

비록 이것이 새와 닮지 않았더라도,
이 형태가 새의 정신, 새의 표현을
불러일으킵니다. 이 선들은 하늘로
날아오르는 새의 날갯짓을
표현하고 있지요.

저는 이것이 새라고 주장하는 게 아닙니다.
이 작품이 '공간 속의 새'를
암시한다고 말하는 겁니다.

설명해보세요!

발언권 없이 끼어든
히긴보덤 변호사

브랑쿠시 씨가
'호랑이'라는 제목을
붙였다면 당신도 역시
'호랑이'라고 부를
거라는 말씀이시지요.
맞습니까?

그러니까, 당신 생각에는 증거물 1호가
새가 아니라는 거죠?

아닙니다.

네, 이것은
새가 아닙니다!

89

마지막으로, 이것은 새가 아닙니까?

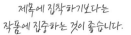

사실, 작품 제목은 전혀 중요한 것이 아닙니다.
작품이 불러일으키는 감정이 중요한 것이지요.
이 작품이 표현하고 있는 것은 비행의 감각입니다.

제목에 집착하기보다는
작품에 집중하는 것이 좋습니다.

브랑쿠시 씨가 '비행의 정신'이라는 제목을
붙였을 수도 있으니까요.

도대체 이게 무슨
헛소리들이지?

뭐, 호랑이?
대체 그들은 뭘 찾는 거지?

저도 잘 알아요,
말도 안 되죠!

논쟁이 이상하게 흘러가고 있어.
브랑쿠시의 작품이
새냐 아니냐는 무시하자고.

예술 작품이 반드시 인간이나 동물의 형상을
표현해야 한다고 규정하는 법은 없다고
알고 있는데?

물론이죠.

대중은 이 바보들보다 훨씬 더 똑똑해요! 아무 문제 없이 당신의 "레디 메이드"를 받아들였는데, 이런 말도 안 되는 재판으로 후퇴하고 있는 셈이죠!

예술가는 반드시 "비트루비우스 인간*"을 참조해야만 이 무지한 사람들에게 인정받을 수 있는 걸까?

이제 제이콥 엡스타인을 증인석으로 부를 걸세. 페르낭 레제에게 증언을 요청했어야 하는데!

* 인체의 이상적인 비율을 기하학적으로 표현한 레오나르도 다 빈치의 그림

콧수염을 부르르 떨며 판사 앞에서 소리치는 모습이 그려지는구만!

" 네, 최초의 화가들은 하늘, 구름, 나무를 그리기 시작했습니다. "

"그러고선 집과 도로, 전신주, 자동차… 그리고 기계, 기계, **기계를 그렸고요!**"

"왜 갑자기 이렇게 소리를 지르고 싶을까: **당장 그만 둬!**"

레제는 눈 하나 깜짝하지 않고 이렇게 말할 걸세. "작품의 실재적 가치는 작가의 모방 솜씨와 완전히 별개의 것입니다."

"회화는 이미 오래전부터 대상의 재현과 자연의 모방으로부터 해방되었습니다."

"화가들은 드디어 자유로워졌다고! 이런 논쟁은 더 이상 존재할 이유가 없어!"

"당신네 미국인들은 브랑쿠시를 가두려고 하는 것뿐이야!"

자, 다시 들어가시죠, 마르셀, 재판이 재개될 거예요. 가시죠.

스페이서 변호사

엡스타인 씨, 증언을 하러 다시 나와주셔서 감사드립니다.

선생님께서는 이 물체를 새라고 부르실 건가요?

만약 작가가 그렇게 이름을 붙였다면, 저도 그렇게 부를 겁니다.

92

제목을 고려하면서, 작가가 왜 그런 이름을 붙였는지 이해하려고 노력할 것입니다.

작품을 관찰하면서 저는 이 조각이 새의 특징, 그러니까 일부 속성을 지니고 있다는 것을 발견했습니다.

속성이라고요? 예를 들면?

옆에서 보면...

마치 날아오르기 직전 새가 가슴을 부풀린 것처럼 보입니다.

만약 브랑쿠시 씨가 '물고기'라고 불렀다면 그 생각을 따랐을까요?

네, 저도 '물고기'라고 불렀을 것입니다.

그럼 '호랑이'는요? 브랑쿠시 씨가 호랑이라고 이름 붙였다면 그에 따라 생각을 바꾸겠습니까?

아니오, 호랑이는 아닙니다.

이렇게는 끝이 안 나겠어! 계속 빙빙 돌고 있잖나!

엡스타인 씨,

조각가로 활동하는 동안
비슷한 작업을 하는
다른 작가를 만나본 적이 있나요?

비슷할 수는 있지만
브랑쿠시의 작품과
비교할 수는 없습니다.

이 작품의 작가가
예술계의 비주류이거나
소수자라는 뜻인가요?

아니, 아닙니다.
제 말 뜻은 전혀
그런 게 아닙니다.

브랑쿠시 씨는
비주류가 아닙니다.
오히려 그 반대지요.

그의 작업은 위대한 역사의 일부입니다.
그의 작품은 고대 조각 예술과
밀접한 관계를 맺고 있습니다.

3000년 전의
고대 이집트 조각 말입니다!

자세히 이야기해주세요,
엡스타인 씨.

오점을 설명할 수 있는
자료를 가지고 왔습니다.
허락해주신다면 보여드리겠습니다.

이집트 후기 시대의
골동품입니다.
맹금류에 속하는
매를 표현한 것이지요.

이게 뭡니까?

이 매가 증거물 1호와
공통점이 있습니까?

꼭 그럴지는 않습니다.
하지만···

하지만 저는 이 작품에서
새라는 공통점을 봅니다.
포면은 매끄럽고,
외형은 차갑습니다.
깃털도 없지요.

모든 디테일은
생략되어 있어요.
다리도 없고요.

하지만 의심할 여지 없이,
이것은 새입니다!

조심 조심, 탕탕···
떨어지겠어요!

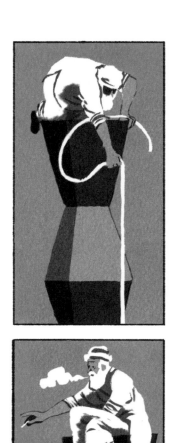

너무 예민하게 받아들이고 있어, 콩스탕탱.

자네의 미국인들은 콘크리트를 좋아하지! 가장 고상하지 못한 재료, 역사도 근본도 생명력도 없는…

그만해요, 탕탕.

미국인들은 그냥 내버려둬요. 지금 그 이야기가 아니라고요.

그럼, 대체 누구에 대한 무슨 이야기야?

현대성을 두려워하는 소수의 겁쟁이들 말일세. 앞으로 자신이 맡아야 할 역할에 대해 겁을 먹은 치들이지.

자네가 그들에게 들이미는 진실이 두려운 게지.

나는 아무것도 강요하지 않았어!

너무 늦었네, 콩스탕탱. 원하든 원치 않든, 자네는 그들이 진실을 마주하게 만들었어.

사랑하는 벗에게,

재판에 대한 최근 소식들이 자네 귀에도 곧 들어가리라 생각하네.

변론은 순조롭게 진행되고 있어...

상대측 증인이 꽤 고지식하긴 했지만 말이야.

그들의 주장이 얼마나
허무맹랑했는지 듣고 싶겠지?

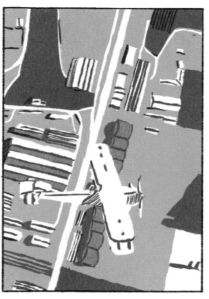

상당히 흥미롭더구만,
꼭 체스 게임처럼 말이야.

지금으로선 뭐라 뭐라 하기는 힘들어.
재판은 차근차근 진행 중이라네.

와이어트 판사는 상당히 엄격한
사람이지만, 합당한 판단을
내리리라 믿어.

내가 방청석에 앉아서 끼적인 것들을 이 편지와 함께 보내네.

너무 걱정하지 말게나, 사랑하는 친구여.

곧 파리로 돌아갈 수 있기를 바라네.

사랑을 담아,

마르셀

H. 존스,
조각가

존스 씨, 증거물 1호를
예술 작품으로 간주하지 않는 이유를
말씀해주시겠습니까?

왜 이것을 단순히
실용적인 물건에
가깝다고 보십니까?

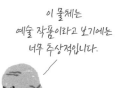

이 물체는
예술 작품이라고 보기에는
너무 추상적입니다.

이 물건을 예술 작품에 비교하는 것은
순수 조각 예술을 모욕하는 것입니다.

어쨌든 저는 이것이
아름다움을 불러일으킨다고
생각하지 않습니다.

그럴다면, 만약 이것이 당신에게
아름다움을 느끼게 한다면,
예술이라고 여긴다는 뜻입니까?

이렇게 이해하면
되겠습니까?

네.

존스 씨에게 아름다움에 대한 개념은
작가의 표현력과 매우 밀접한
관련이 있는 것 같군요.

보랑쿠시 씨가 만약
새의 깃털과 다리를 표현했다면,
존스 씨가 아름다움을 느끼고
이 조각을 예술 작품으로
볼 수 있었을까요?

다리와 깃털이요?

네, 그럴 수 있을 거라고
생각합니다.

그렇다면 말입니다,
존스 씨.

만약 이 증거물에
머리가 있었다면 어떨까요?

그 머리가 당신에게
아름다움이라는 감각을
불러일으켰을까요?

글쎄요,
꼭 그럴지는 잘 모르겠죠.

계속해봅시다.
새의 속성을 하나씩 추가하면서
작품이 어떻게 변하는지
함께 상상해봅시다.

작품의 모양을 변형시켜서
특징을 더하고, 그것을 비틀거나
형태를 바꿀 수 있었다면···

말씀하신 아름다움의 느낌이
더 강해졌을까요?

아, 그건···
말씀드리기 어렵습니다.

기술적인 문제입니다.

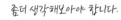

좀더 생각해보아야 합니다.

탕탕?

탕탕?

탕탕! 일어나요!

슬퍼하지 말아요, 라라라라라, 사랑해요, 사랑해요, 라라라.

통통, 정말 겁이 나.

노래를 불러주겠소?

언제나 당신을 사랑해요, 탕탕. 친절하고 달콤한 당신, 라라라라라.

슬퍼하지 말아요, 라라라라라라, 사랑해요, 사랑해요, 라라라라라.

저녁부터 아침까지, 라라라라라.

마르테?

잘 있었어요, 페르낭?

어서 와요, 이 시간에 대체 무슨 일이죠?

꽁꽁 얼었네. 이리 와서 좀 앉아요.

브랑쿠시 때문에 걱정이 되어서요, 페르낭.

당신이 와서 이야기를 좀 해주면 좋겠어요. 재판이 시작된 후로는 새 이야기밖에 하질 않아요. 온통 그 생각뿐이라고요.

이건 집착이에요! 와서 한번 보면…

벌써 새 조각을 삼십 점은 만들었을 거예요! 그것 말고는 아무것도 하지 않아요!

이 주 넘게 거기에만 매달려 있어요. 악몽도 꾸는 것 같고요.

잠도 제대로 못 자요.

콩스탕탱이 충격이 크겠죠, 당연한 일이에요.

뉴욕에서 벌어지고 있는 일은 매우 중요한 문제니까!

그의 작업 덕분에, 르네상스 이래로 굳건하게 내려오던 예술적 관념들을 끊어내게 되었으니 말이오.

무한한 자유의 세계로 가는 문을 열어준 셈이죠.

우리가 그토록 바라왔던 자유. 완전하고 강렬한 창작을 가능하게 해주는 자유 말이오.

그럴지도 모르죠, 하지만 콩스탕탱은 혼자 버티고 있어요.

콩스탕탱 혼자 견디기에는 너무 버거웠을 테지.

그이에게는 휴식이 필요해요.

그에게 필요한 게 뭔지 알겠소.

콩스탕탱에게 도움이 될 만한 사람을 만나야 해요.

햇빛도 좀 쬐야 할 거고, 수평선과 태양 말이지!

바람을 쐬고, 친구들과 어울려야 해요, 내가 알아서 할게요.

정말 그럴까요?

당연하지요! 다 같이 바다를 보러 갑시다!

어서 가서 짐을 챙겨요, 월요일에 떠날 거니까!

콩스탕탱을 말리지 말아요, 하고 싶은 만큼 새를 만들라고 해봅시다.

힘내요, 마르테!

"공간 속의 새"라는 이름으로 지정 및 등록된 수입 물품은 세관 검사관에 의해 금속 가공품으로 간주되어, 제399조에 따라 그 가치의 40%가 과세되었습니다.

이 물건의 제작자는 예술 작품으로서의 지위를 주장하며 소송을 제기했고, 숙고 끝에 법정이 내린 판결은 다음과 같습니다.

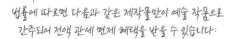

법률에 따르면 다음과 같은 제작물만이 예술 작품으로 간주되어 전액 관세 면제 혜택을 받을 수 있습니다:

원본 회화,
원본 드로잉,
원본 조각품.

단, 복제본이 두 개를 초과하지 않는다는 조건이 붙습니다.

또한 예술가는 '수작업'으로 작품을 제작해야 하며, 단순히 기계적 공정을 통해서 제작해서는 안 됩니다.

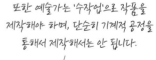

같은 법에 따르면 "예술 작품"이라는 용어는 오직 전문 예술가가 만든 물건의 경우에만 사용할 수 있습니다.

또한 "조각품"이라는 용어는 실용적이고 산업적인
물체를 배제하는 것으로 해석되어야 한다는 점을
명시하는 것이 중요합니다.

이 작품은 작가인 브랑쿠시 씨에 의해
'새'라는 이름이 붙여졌습니다.

그러나 아무리 상상력을 발휘해도
이 물체가 새와 어떤 유사성이라도
가지고 있다고 주장하기는 어렵습니다.

깃털, 다리, 부리, 심지어 머리도 없는
이 증거품은 완전히 매끈합니다.

판사의 판결에 참석한
스타이켄과 엡스타인

다시 한번 자리를 옮겨 앉은 존스와 에이트켄

브랑쿠시 씨와 원고를 지지하는 측의 증언 및
정부 측에서 소환된 증인들의 진술에 근거하여,

본 법정은 작품의 진품 여부에 대한
의구심은 사라졌다고 판단했습니다.

법정 뒤쪽에 앉아 있던
몇몇 기자들

수입된 물품을 제작한 이의 명성과
그의 전체 작업의 신뢰성, 그리고 해당 분야의
전문성을 가진 사람들의 진술을 고려하여,
본 법정은 브랑쿠시 씨를
전문 예술가로 인정하는 바입니다.

법정 안으로 들어오는 데 성공한 왓슨

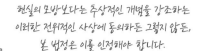

최근 몇 년 동안 이른바 현대미술이라는 화파가 발전해왔고, 본 법정 역시 이를 무시할 수 없습니다.

현실의 모방보다는 추상적인 개념을 강조하는 이러한 전위적인 사상에 동의하든 그렇지 않든, 본 법정은 이를 인정해야 합니다.

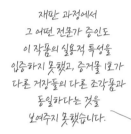

재판 과정에서 그 어떤 전문가 증인도 이 작품의 실용적 특성을 입증하지 못했고, 증거물 1호가 다른 거장들의 다른 조각품과 동일하다는 것을 보여주지 못했습니다.

또한 일부 사람들이 이 물건을 새와 동일시하는 데 어려움을 겪을 수 있음에도 불구하고, 이 물건은 시각적인 쾌감과 장식적인 가치를 지니고 있습니다.

따라서 이러한 사실에 비추어볼 때 …

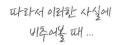

본 법정은 이 물품이 면세 대상임을 판결합니다.

본 법정은 이 판결의 집행을 명령합니다!

같이 한 바퀴 돌고 있어요.
르 아브르항으로 가서 마르셀을 데리고 올 테니.

신문 : '이것은 새다!'

어서오게,
마르셀!

정말 좋은 소식이구만.
가서 보면 알겠지만, 이번 일을
겪으면서 브랑쿠시 상태가
엉망이 되었거든.

직접 말은
안 하지만…

이제 한시름 놓겠지!

그러기를
바라네.

미국인들이 내린 결정 따위가
뭐가 중요하겠나, 콩스탕탱.

판결 따위 그냥
무시해버리자고!

뉴욕의 역설이야.

현대성을 주장하지만,
진보적인 생각에는
난색을 표하지.

"아무것도
바꾸지 마시오!"

그들은 원칙에 단단히 묶여 있어.

그들을 붙잡고 있는 과거와
그들의 팔을 잡아 끌고 있는 미래 사이에
끼인 채 말이야.

최악은 그들이 과감한
시도를 두려워했고, 심지어
최악시했다는 거지.

한 마리의 새일
뿐이야, 장!

그냥 새
한 마리라고.

그렇지 않아, 자네는
뉴욕까지 이어지는 위대한 길을
개척한 걸세.

불행히도, 미국인들의
거대한 마천루가 그 길을
막았을 뿐이지.

자네의 새가 저들에게, 우리의 구대륙이
더 이상 보려 하지 않는 것들을 보여주어야 해.

자네의 새가 우리 모두를
서쪽으로 이끌 게야. 우리를 대담함과
경험으로 인도하는 철새라니!

"세상을 바꾸는 생각들은
비둘기의 발끝에서 온다."

왜?

내가 한 말이 아니야,
니체가 그랬다고!

"비둘기의 발끝에서"…
자네 새 이야기랑 비슷하지 않나?

나무가 대리석보다 낫다,
자라나는 이름들을 볼 수 있으니.

당신의 이름을 나무에 새기라,
저 끝까지 솟아오를 이름을.

장 콕토

아르노 네바슈 지음

프랑스 노르망디에서 태어나 벨기에 브뤼셀에서 공부했다. 아동문학 작가이자 삽화가로 활동하며, 앨범, 다큐멘터리, 소설 등 다양한 장르의 작품을 발표했다. 그의 작업은 현실과 허구의 경계를 넘나들며, 판화·스텐실·실크스크린 등 전통적인 인쇄 기법을 기반으로 한다. 『어설픈 시도와 다른 취향의 오류들』(2011), 『부두에서, 물 위에서』(2015), 『나무꾼의 하루』(2018), 『가스파르의 여행』(2022), 『양봉가의 하루』(2022) 등 다양한 아동 도서를 출판했으며 2023년에 출간된 『브랑쿠시 대 미국』은 그의 첫 번째 그래픽노블 작품이다.

박재연 옮김

아주대학교 문화콘텐츠학과에서 미술사와 전시 기획을 가르치고 있다. 한국에서 프랑스어와 프랑스문학을 공부했고, 파리 제1대학에서 미술사학과 박물관학을 공부했다. 19세기 프랑스 미술 및 프랑스령 알제리 미술관을 주제로 박사 학위를 받았다.
미술품이 어떻게 유통되고 관람자에게 수용되는지에 관심이 많다. 수집과 전시의 역사를 살펴보고, 예술의 의미와 쓸모에 대해 쓰고 말한다. 짓고 옮긴 책으로는 『파리 박물관 기행(공저)』, 『미술, 엔진을 달다』, 『모두의 미술사』, 『커튼 뒤에서』, 『모든 공주는 자정 이후에 죽는다』 등이 있다.

옮긴이의 말

It's a bird! : 예술임을 증명하라

제목과 거의, 또는 전혀 닮지 않은 예술 작품 때문에 당황한 적이 있는가? 여기, 전혀 새처럼 보이지 않는 한 마리의 '새'가 있다.

*

사건은 1926년 가을에 시작되었다. 콘스탕탱 브랑쿠시(1876-1957)가 마르셀 뒤샹의 제안으로 뉴욕의 브루머 갤러리에서 전시회를 개최한 해였다. 루마니아에서 태어난 브랑쿠시는 1904년부터 파리에서 거주하며 국립 고등미술학교에서 수학한 후 오귀스트 로댕에게 사사했다. 이후 새라는 주제에 몰두하여 대리석과 청동으로 된 15개의 버전과 다수의 석고 모형을 제작했는데, 1913년 아모리 쇼 이후 새로운 전시회를 통해 미국 대중의 마음을 사로잡고자 했다. 그러나 전시회를 준비하던 브랑쿠시는 예상치 못한 법정 싸움에 휘말리고 만다.

1926년 10월 21일, 브랑쿠시의 <공간 속의 새>가 뉴욕항에 도착했을 때, 미국 세관은 이를 '예술 작품'이 아닌 '실용적인 물건(주방 용품 혹은 병원 용품)'으로 분류하고 무려 40%의 관세를 부과했다. 1922년 관세법 이후 예술 작품은 무관세로 수입될 수 있었지만, 일반 물품에는 높은 관세가 부과되었던 것이다. 당황하고 분노한 브랑쿠시와 작품 소장자인 에드워드 스타이켄은 소송을 제기했고, 1927년 10월 3일부터 4일까지 뉴욕 세관법원에서 "브랑쿠시 대 미국 Brancusi v. United States" 사건에 대한 세기의 재판이 진행되었다.

위로 갈수록 가늘어지는 노란색 금속 조각. 높이가 140cm에 달하고 표면 전체가 매끈하게 마감된 이 오브제를 세관원들은 이해할 수 없었다. 브랑쿠시 측이 이 오브제는 주방 용품이 아닌 <공간 속의 새>라는 제목의 조각 작품이라고 항의했지만 미국 세관은 "이 물건은 조각품과 유사하지 않다"고 답했다. '조각품'으로 인정받으려면 "조각이나 주조에 의한 복제품으로, 자연물, 주로 인간의 형태를 모방한 것"이어야 했기 때문이다. 금전적 타격은 차치하더라도, 브랑쿠시는 이 결정이 자신의 예술에 대한 잔인한 도전이라고 여겼다. 이로써 단순한 세관 분쟁을 넘어, 현대 예술의 본질과 가치에 대한 근본적인 질문을 제기하는 사건이 벌어진 셈이다.

재판의 핵심은 '이것이 과연 예술인가?' 하는 질문이었다. 전통적인 관점에서 조각은 구상적이고 재현적이어야 했지만, 브랑쿠시의 '새'는 극도의 단순화를 거친 추상 조각이었다. 법원이 던진 첫 번째 질문은 브랑쿠시의 작품이 '모방'해야 하는 대상과 적절히 닮았는지 여부였다. 그리고 이어진 질문은 '조각품'을 어떻게 정의할 것인가, 즉 '예술품'을 어떻게 정의할 것인가가 되었다. 재판 과정에서 조각가 로버트 셰나한, 제이콥 엡스타인, 사진가 에드워드 스타이켄, 브루클린 미술관의 윌리엄 헨리 폭스 관장 등 예술계의 전문가들이 증인으로 나서 브랑쿠시 작품의 예술성을 옹호했다. 그들은 예술이 반드시 현실을 그대로 재현할 필요가 없으며, 추상적 형태를 통해서도 예술가의 의도와 감성을 표현할 수 있다고 주장했다.

법정에서 미술평론가 프랭크 크라우닌셸드는 이 물건을 새라고 믿게 만드는 특징이 무엇인지에 대한 질문을 받았다. 그는 이렇게 대답했다: "실제 새의 우아함, 열망, 활기, 속도와 더불어 힘과 아름다움을 담은 비행을 암시하고 있습니다. 작품의 이름, 제목 자체만으로는 큰 의미가 없습니다."

브랑쿠시 역시 자신의 작품이 새의 본질을 포착하고자 한 것이라고 주장했다. "새가 날아오르는 순간의 정수를 표현하고자 했다"면서 이 작품을 만들기 위해 수년간의 연구와 수많은 스케치를 거쳤다고 강조한 것이다. 이는 <공간 속의 새>가 단순한 물건이 아닌 심도 있는 예술적 과정의 결과물임을 보여주는 진술이었다. 또한 브랑쿠시는 예술가라면 전통적인 형태에서 벗어나 자유롭게 표현할 수 있어야 한다고 주장했다.

재판은 미국 예술계와 일반 대중 사이에서 큰 관심을 불러일으켰다. 많은 현대 예술가들과 비평가들이 브랑쿠시를 지지했다. 그들은 이 재판이 현대 예술의 가치를 인정받는 중요한 기회라고 보았다. 반면, 일반 대중들은 혼란스러워했다. "이것이 정말 예술인가?"라는 의문이 제기되었고, 현대 예술을 조롱하는 목소리가 등장하기도 했다. 신문과 잡지들은 이 사건을 앞다투어 다루었다. 풍자와 조롱을 쏟아낸 언론도 있었지만, 대부분은 이 재판이 예술의 정의에 대해 중요한 논의를 불러일으켰다는 점을 강조했다.

재판부는 "예술이란 무엇인가?"라는 철학적 질문을 법적으로 해석해야 하는 어려운 과제에 직면했지만, 1928년 11월 26일 마침내 브랑쿠시의 손을 들어주었다. 판결문에서 법원은 "아름다움에 대한 좁은 관점은 더 이상 용인될 수 없다"고 선언했다. 판사는 "자연물을 모방하기보다는 추상적인 아이디어를 묘사하려는" "이른바 새로운 예술 학파"의 존재를 인정하며 "이들의 생각에 공감하든 그렇지 않든, 법원이 인정한 그들의 존재와 예술계에 미친 영향을 고려해야 한다."고 덧붙였다. 예술을 구성하는 요소에 대한 정의가 시대에 뒤떨어졌다고 판단한 것이다. "It's a bird!" 판결 다음 날, 브랑쿠시의 작품 사진이 승리의 캡션과 함께 언론에 공개되었다. 한 작품에 대한 법리적 판단을 넘어, 현대 예술 전반에 대한 사회적 인정을 의미하는 이 판결은 현대 미술과 그 지지자들에게 큰 승리로 다가왔다.

아르노 네바슈의 그래픽노블은 예술의 본질, 창작의 자유, 그리고 사회의 예술 인식에 대한 토론을 불러일으킨 이 매력적인 사건에서 영감을 받아 탄생했다. 작가는 재판을 둘러싼 상황만을 담아낸 것이 아니라, 가장 낮은 지점에서 새삼 자신의 재능을 의심하며 고통에 시달리는 예술가의 모습을 그려낸다. 파리 체류 초기, 브랑쿠시가 안고 있던 예술적 고민으로 시작하는 이 작품은 조각가의 여러 가지 시도를 따라가면서 그가 조각에 대해 탐구하고, 자신만의 조형 세계를 완성해나가는 과정을 보여준다. 본격적으로 재판이 진행되는 부분에서는 파리에 있는 브랑쿠시가 미국 대사관에서 심문을 받고, 변호인단 앞에서 자신이 직접 만든 작품이라고 선서할 것을 강요받는 장면과 뉴욕에서 벌어지는 뜨거운 법정 싸움이 교차편집 방식으로 펼쳐진다.

뒤샹의 재판정 스케치를 보는 듯 파리와 뉴욕을 넘나들며 생생하게 묘사되는 재판 장면과 페르낭 레제, 알렉산더 칼더, 장 프루베와 같이 다방면에서 활동한 동시대 예술가들의 등장을 통해 우리는 이 사건이 단순한 세금 관련 재판으로 그치는 것이 아니라, 예술이 사회적 논의의 대상이 될 수 있음을 보여준 역사적인 분기점이라는 것을 알게 된다. 실제로, 현대 예술의 다양성과 실험성을 인정하는 중요한 전환점이 된 이 사건은 오늘날까지도 예술의 정의와 가치 평가에 대한 논의의 기초가 되고 있다.

　　브랑쿠시가 <공간 속의 새>를 처음 구상한 이후 90년 동안 예술 작품을 구성하는 요소와 예술가의 역할에 대한 우리의 이해는 더욱 광범위하고 포괄적으로 발전했다. 무엇이 예술 작품이고 무엇이 예술 작품이 아닌지 어떻게 구분하는가? 작품의 제목이 작품을 해석하는 데 도움이 되는가? 작품에 의미를 부여하기 위해 제목이 필요한가? 여전히 쉽지 않은 질문임에도, 꾸준히 던져야 하는 질문이겠다. 무릇 예술이란 항상 시대와 함께 변화하며, 그 정의 역시 고정된 것이 아니라 끊임없이 재해석되고 확장되는 것이니 말이다.

*

　　자, 이제 이 '새'가 그 '새'처럼 보이는지?

옮긴이 박재연

이것이 새일니까? ― 브랑쿠시와 세기의 재판

지은이 | 아르노 네바슈
옮긴이 | 박재연
초판 1쇄 발행 | 2024년 12월 20일
　　　2쇄 발행 | 2025년 3월 14일
펴낸이 | 안의진
만든이 | 김민령 안의진 유수진
펴낸곳 | 바람북스
등록 | 2003년 7월 11일 (제312-2003-38호)
주소 | 03035 종로구 필운대로 116, 신우빌딩 5층(신교동)
전화 | (02) 3142-0495　팩스 | (02) 3142-0494
이메일 | barambooks@daum.net
블로그 | blog.naver.com/barambooks_kr
인스타그램 | @barambooks.kr
트위터 | @baramkids
제조국 | 한국

Brancusi contre États-Unis
© DARGAUD, 2023, by Arnaud Nebbache
www.dargaud.com
All rights reserved

This Korean translation edition is published by Barambooks in 2024 by arrangement with MEDIATOON LICENSING.
이 책은 미디어툰 라이센싱을 통해 저작권자와의 독점계약으로 바람북스에서 출간되었습니다.
저작권법에 의해 한국 내에서 보호를 받는 저작물이므로 무단전재와 복제를 금합니다.